M O R T

DE LÉOPOLD.

LA MORT

DU PRINCE

LÉOPOLD DE BRUNSWICK.

ODE

ENVOYÉE AU CONCOURS.

A PARIS,

1 7 8 6.

PRÉFACE.

CETTE Ode, parvenue en manuscrit au château de Sans-Souci, a été honorée de la réponse qui va suivre.

» M. l'Abbé DELAUNAY, j'ai reçu
» l'Ode sur la mort du Prince LÉOPOLD
» DE BRUNSWICK que vous m'avez
» envoyée, ainsi que les autres petits
» ouvrages que vous y avez joints. Je
» vous remercie de votre attention; & je
» souhaite que l'événement réponde aux
» espérances que vous avez conçues de
» votre Ode, en la faisant parvenir à
» l'Académie Française. Sur ce, je prie
» Dieu, M. l'Abbé DELAUNAY, qu'il
» vous ait en sa sainte & digne garde. «
Signé FRÉDÉRIC.

AU ROI POETE.

SIRE,

JE jouis, ſans avoir vaincu. J'ai des lauriers, ſans remporter la palme. Le ſuffrage de FRÉDÉRIC LE GRAND eſt un triomphe. Son acceptation, — une couronne.

L'ABBÉ DELAUNAY.

LA MORT

DU PRINCE

LÉOPOLD DE BRUNSWICK.

O D E.

Apollon ! c'est ici que tu dois m'avouer.

D E V I S E.

Vers de Crébillon , dans son Discours de réception
à l'Académie Française.

D'UN grand essor l'ardeur m'appelle.

Quel obstacle peut m'arrêter ?

Au bord d'une lice immortelle ,

Cœurs froids ! c'est à vous d'hésiter.

Spéculateur de l'influence

Qui va propager l'affluence

De tant d'Athlètes radieux , —

Puis-je éluder le sort des armes ?

Quand je dévore les alarmes

D'un combat libre & glorieux.

LE fignal donné par Augufte
Doit aguerrir l'aîné des Arts.
A cette voix n'eft-il pas jufte
D'affronter de fcabreux hazards ?
Hâtons-nous ! la trompette fonne,
Qu'aucun péril ne nous étonne !
Que rien ne glace nos efprits !
Ecueil , échec , quoi qu'il arrive, —
Sur le Parnaffe ou fur fa rive
La lutte honorable eft un prix.

ENTHOUSIASME! heureux délire !
Module des accens nouveaux.
Sainte fureur ! monte ma lyre
Au ton des fublimes travaux.
Mufe ! redouble d'énergie.
Verfe la coulante magie
Sur l'éloge que j'entreprends.
De LÉOPOLD que la mémoire
Enrichiffe à jamais l'Hiftoire
Par le tribut que je lui rends.

MAIS, qu'ai-je dit ! quelle promeſſe !
Quel bail pour la poſtérité ?
Siècles futurs ! je vous adreſſe
L'hommage de la vérité.
Puiſſent mes crayons vous tranſmettre
Un trait que je ne puis omettre ,
Sans défigurer mon Héros !
Ce trait unique , inconcevable , —
Surpaſſe tout ce que la Fable
Contient d'apologues moraux.

MALGRÉ l'Oder, qui vient d'éteindre
Ce flambeau , victime du ſort ,
Le zèle jaloux de le peindre,
Lève le voile de la mort.
Le Tems, qui d'une main l'outrage,
De l'autre , indique le dommage
Du crime que ſa faulx commit ; —
Et l'immortalité s'oppoſe
Au nuage obſcur qui repoſe
Sur l'éclipſe qu'elle permit.

RENAISSEZ! Ombres confolées.
Percez! montrez-vous après lui.
Au fein de l'efpoir défolées,
Vous n'eûtes qu'un ftérile appui. ——
Sa pitié magnanime & tendre
Ouvrit fes mains pour vous les tendre ;
Et paffer à votre fecours. ——
Quelle horreur! quel revers funefte!
Le feul triomphe qui lui refte,
Sans vous fauver, tranche fes jours.

AH! quelle image déchirante
D'un fpectacle défefpérant!
Quelle voix plaintive & fouffrante
D'un jeune Immortel expirant!
Rivage, par malheur, célèbre!
Quelle lueur fombre & funèbre
Éclaire ce terrible pas?
L'air mugit d'un fon lamentable.
Le flot frémit d'être coupable. ——
Le ciel rougit de ce trépas.

FLEUVE ! d'un fang fi pur avide !
Tari ! n'offre que des forêts !
Que ton fein déformais aride
Ne foit couvert que de cyprès.
Recule ! fource fanguinaire.
Que ton lit ne foit qu'un repaire,
Pour les tigres, les léopards.
Que des hiboux le cri nocturne,
Dans ton enceinte taciturne,
Annonce des monftres épars.

QUOI ! la première fépulture
D'un Phénix de l'humanité,
Servirait donc à la Nature
D'abri pour la férocité ?
Non ! je m'égare : je me trompe.
Théâtre de gloire & de pompe,
Ce lieu ne s'eft point avili.
L'onde a paffé comme un fantôme.
Un Prince & qui plus eft, grand homme,
Sauve l'époque de l'oubli.

APRÈS cet exploit de bravoure,
Qu'on cite des faits éclatans !
Le courage qui nous entoure,
Se fignala de tous les tems.
Daffas ! Bouffard ! vous aurez place
Au fouvenir qui nous retrace
Un droit qu'il faut vous accorder. —
Mais, faits au joug du facrifice,
Vous étiez nés pour le fervice, —
Le grand BRUNSWICK pour commander.

S'IL fallait en pompeufes ftrophes,
PRINCE ! analyfer tes vertus,
Ce feraient autant d'apoftrophes
Contre les vices combattus.
En eft-il ? qui par tes exemples,
Dans ta Cour, mieux que dans nos Temples,
Ne fe foient pas vus terraffés ?
Je réduis à la mignature
Un grand fujet pour la Peinture.
Je le défigne, — c'eft affés.

J'AURAIS à décrire l'espace
Que parcoururent tes beaux jours.
Je planerais sur la surface,
Dont toi-même abrégeas le cours.
Je consacrerais par des notes
Les remarquables anecdotes
Qui déployèrent ta grandeur-
Ces asyles de bienfaisance :
Ces écoles de prévoyance, —
Sûrs garans de ta profondeur.

EN-VAIN prétends-tu qu'on efface
Ton nom de ces beaux monumens.
La gloire éternelle remplace
Un chiffre de quelques momens.
Ce nom, qui ternit ses contrastes,
Qui surnage, embellit nos fastes,
Aux Cours, aux champs est conservé. —
Que dis-je ! dans les cœurs sensibles,
Par des regrets inamovibles,
Il est profondément gravé.

L'Olympe entend bénir tes Mânes
Dans ton palais couvert de deuil.
Il voit les yeux les plus profanes
Verser des pleurs fur ton cercueil.
Ici, l'enfance fecourue ;
Là, l'indigence difparue,
S'applaudiffent de ton foutien : —
Et la vieilleffe ne foulage
La caducité de fon âge,
Qu'en déplorant la fin du tien.

JE dirai plus. Cette journée
Qu'on fe rappelle en gémiffant,
Vient d'exalter l'ame éclairée
D'un Philofophe, Roi puiffant.
FRÉDÉRIC trace une autre route
A ces courans, dont on redoute
Les gonflemens précipités ; —
Il veut qu'un défaftre préferve
Les Grands, les Petits, fans réferve,
De pareilles calamités.

MAIS, quel effet pourrait produire
Un luxe (hors-d'œuvre du pinceau)?
L'épisode ne fait que nuire
A l'ordonnance du tableau.
Ainsi, la lumière trop vive
Fatigue la vue attentive
Par un éclat éblouissant ; ——
Le jour serein d'un ciel plus calme
Sur le laurier & sur la palme,
Rit, quoique moins resplendissant.

Que la prose rapide entraîne,
Forte de torrens progressifs !
La Poësie est un domaine
Qui plaît au milieu des récifs.
En de volumineux ouvrages,
Historiens ! ornez vos pages
De longs détails mis au grand jour ; ——
Clio vient de remplir sa tache,
Si cette Ode qu'elle m'arrache
Parvient au céleste séjour.

FIN.